Sana joka oli ja on

Paavo Räisänen

MIX
Paperi vastuullisista lähteistä
Paper from responsible sources
FSC® C105338
FSC
www.fsc.org

Olen julkaissut aiemmin BoD:in kustantamana useita kirjoja.
Kirjailija sivuni: www.kirja-lakka.com

© 2024 Paavo Räisänen

Kustantaja: BoD · Books on Demand GmbH, Helsinki, Suomi
Kirjapaino: Libri Plureos GmbH, Hampuri, Saksa
ISBN: 978-952-80-8559-1

Jeesus oli lain alainen, eikä koskaan tehnyt syntiä edes ajatuksissaan, mutta Hänelle kertyi siemenneste, jota Hän ei koskaan laskenut ulos, eikä Hän koskaan tuntenut himoa ja Hän kantoi himonkin ristille ja emme voi käsittää tätä. Jumala vihasi Poikaansa ristillä ja Hänen vihan uhritulensa murskasi Jeesuksen pojan ja teki hänestä Kristuksen lihan, miehen ja naulat ja orjantappurakruunu olivat painaneet Hänen ruumiinsa ja päänsä verille.

Kerron totuuden. Kaikki ihmiset ovat liha ja Jumalan omaisuutta. saatana ei edes pysty kiroamaan ihmistä tai omista yhtään sielua. saatana tai antikristus tai baal tai peto ei voi omistaa yhtään sielua. Tuomituilla on mahdollisuus parannukseen. Ihmisen armon aika loppuu kuolemaan. Sen jälkeen ei voi katua.

Varoitan. Olivat kadotetut sielut, jotka kieltäytyivät Jumalan ja Jeesuksen armosta. He olivat kaikki miehiä. Heillä on naisia, jotka sanovat käärmeelle, miehelle, esim. "tahtosi on lakini". Hän sanoo tämän siksi, että uskoo Jeesukseen ja näin sanomalla saatana antaa hänen pitää Jeesuksen. Mutta oli naisia, jotka tekivät huorin käärmeen kanssa. Käärme loi lihassa olevan antikristuksen. Nämä naiset ovat hänen papittariaan. He synnyttävät lapsia, jotka kasvatetaan heidän temppelissään.

Kerron klassisen kitaran. Uskoin, että saimme sen ja otin jopa sen itse pahimmalta julkiselta rokkarilta ja sanoin, että Jumala otti sen saatanalta, joka keksi sen. saatana itki Jumalalle. Tapat minut. Otat sieluni pois ennen maailmanloppua. Lupasit elää siihen asti. Ennen tuomiota. Jumala antoi kitaran takaisin saatanalle. Se on hänen omaisuutensa. Ei sitä voi viedä häneltä. Sama kaiken saatanan omaisuuden ja sen keksintöjen kanssa. Ei Jumala voi ottaa niitä. Suurin osa keksinnöistä on langenneiden Jumalan enkeleiden keksimiä. He antoivat ne, koska ihmiset tekivät syntiä ja vaativat ne. Ne Jumala ottaa itselleen, mitä näkee hyväksi.

Gospel, eli saatanan palvonta musiikin ihanuus. Helvetin enkeli laulaa sooloa, saatanan tekemä käärme, mies, lyö rumpua. antikristus on tehnyt tuomitut enkelit, jotka laulavat. Nainen tekee huorin Jeesuksen. antaa teon laulavalle helvetin enkelille. Tekee huorin, käärme, mies, tekee hänestä naispapin ja antikristus antaa hänelle pyhän viran toimitusta varten.

Vanhan Testamentti aikaan miehellä saattoi olla tuhatkin vaimoa, kuten Salomolla. "Minä annan sinulle sinun miehen himosi ja vaimon, jopa useita heitä", lupasi Jumala Salomolle. Tämä oli niin kaunista. Vaimot elivät sisarina keskenään ja synnyttivät Jumalan poikia ja tyttäriä Salomolle. Uusi Testamentti ja Jeesus eivät kiellä selkeästi useaa vaimoa, mutta uskomme perimätietoon, että Jeesus on sanonut, että miehelle yhden vaimon on riitettävä. "Piispan on oltava yhden vaimon mies." Sanoo Jumala apostolin suulla. Uskomme tämän tarkoittavan kaikkia uskovaisia. Piispa on noussut Jumalaa vastaan, kun ei usko, että pappeus annettiin vain miehelle ja saarnavirka.

Vanhan Testamentin aikaan miehen ja naisen yhteyselämä oli vielä luonnollista sillä oli Jumalan asettama päämäärä. Oli tavallista, että vaimo antoi palvelijansa miehelleen, että palvelija synnyttäisi perheeseen lapsia. Mies ja vaimo himoitsivat toisiaan jo Paratiisissa ja se ei ollut synti, vaan Jumala tahtoi heidän näin tuntevan rakkautta ja tulevan yhdeksi lihaksi ja vereksi, saaden aviopuolison rakastaakseen häntä. Himoon tuli synti, kun ihminen lankesi ja alkoi työn ja synnyttämisen kipu ja vaiva.

Maanviljelijässä asui synti. Hän näki eläimien siittävän jälkeläisiä ja saatanan oma mies ja nainen sanoivat, sinäkin teet noin. saatanan tekemä mies, käärme, teki huorin naiskäärmeitä ja nämä opettivat sen freudille ja sanoivat ihmisen tekevän näin ja hän loi miljoonia naiskäärmeitä ja freudin tapaisia saatanan omia miehiä psykologeiksi ja opetti ihminen sukupuolielämän olevan tällaista ja se ei ole Jumalan sanan mukaan, sillä hääyönä mies ja nainen rakastavat toisiaan ja he himoitsevat toisiaan ja tämä himo on Jumalalta ja he tuntevat toisensa ja rakastavat toisiaan ja he siittävät poikia ja tyttäriä ja tulevat yhdeksi lihaksi ja vereksi ja he rakastavat toisiaan ja haluavat kuulua toisilleen, mutta he eivät ole synnittömiä, koska syntiinlankeemus turmeli Jumalan täydellisen työn.

saatanan oman miehen, käärmeen alkuperä on salattu, eikä sitä kerrota meille. Hän ei syntynyt Israelin suvun pariin, vaan ympäryskansoihin, vaikka kuinka moneen Jumalan alas taivaasta laskemaan ihmissukuun. Hän oli paha, todella paha poika ja teki rumasti huorin naisen kanssa, ei sopinut, ajoi karkuun, mutta ei pystynyt ja hän jäi yksin ja saatana enkelinä muutti hänet mies käärmeeksi. Tällainen asui VT baalin temppelissä ja naiset eivät kestäneet nähdä häntä, vaan ainoastaan muutama vanha naiskäärme ja muutama miespappi, jotka valehtelivat muille papeille, että baal on jumala ja he uskoivat ja näin on tämän päivän baalin palvonta kirkossammekin syntynyt, mutta poikkeus on, että Jeesuksen voittaessa saatanan ristillä, muodostui pimentoon antikristus ja hän sanoo nykyajan baalin papeille ja papittarille, että hän on Jeesus ja antaa heille pyhän viran toimitusta varten ja käärme, mies elää pimennossa ja tulee kirkkoon myös virkoihin ja gospel musiikkiin.

Muistakaa: kaikki kansat syntyvät Siionissa. He kaikki olivat lapsena Jeesuksen, mutta synti ja se, ettei siitä tehty parannusta vei monet ja Jeesus kutsuu takaisin, mutta olivat kadotetut sielut, joista saatana teki mies käärmeitä ja monet menivät heille ja tekivät huorin ja syntyi naiskäärmeitä, jotka kääntyivät ja saatana käärmeenä teki heille antikristuksen, oman Jeesuksen ja antoi pyhän ja loi näin papittarensa temppeliinsä ja he ovat jo pitkään synnyttäneet lapsia temppelien pimentoihin ja kasvattaneet heidät oman raamattunsa ja jeesuksensa mukaan ja nämä vauvat harrastavat runsasta seksiä jo kun osaavat kävellä ja voi heidän ja heidän seuraajiensa osaa ja hän teki drag taiteilijat ja rock laulajat ja näyttelijät ja tuli kirkkoomme ja siellä on hän, hän itse, ja tunnetteko hänet ja hänen pimeytensä.

Kansat laskettiin uskovaisina ja huorinteko ei lähtenyt Siionista, vaan ulkoapäin tulivat metsien lähteille "jumalattaret" jotka pesivät tahallaan uskovaisten miesten nähden alasti itseään ja viettelivät huoruuuteen. Adamin ja Eevan pojat ja tyttäret saivat vielä uskovaiset puolisot ympäryskansoilta. Mutta miten tapahtui ensimmäinen huorinteko. Ensin oli poika, joka kasvoi isoksi ja teki syntiä ja ei ollut enää Jumalan poika ja pienet tyttölapset olivat ihastelleet häntä, mutta heihin tuli paha himo, koska poika ei ollutkaan uskovainen, ketä he ihastelivat ja näin paha tuli jo synnin tulo ja se johti myöhemmin huoruuteen ja saatana on enkeli, joka muutti pahan huorintehneen nuoren miehen käärmeeksi ja hän teki huorin nuoria naisia ja käännytti heidät.

Ei Maria äiti suojellut poikaansa, Jumalan Poikaa, vaan uskoi Häneen, sillä hän oli syntinen nainen ja tiesi Jeesuksen olevan hänenkin Herransa ja Vapahtajansa. saatana enkelinä väijyi Jeesus vauvaa lähipusikossa jo pienenä kehdossa. Maria äiti tiesi sen ja ettei hän enkeleiden Herraa voi saatanalta varjella, jos hän enkelinä hyökkää.

Naisen piti tietää paikkansa. Hän ei saanut hallita miestä. Naiskirkkoherra ja naisrehtori rikkoivat tätä vastaan. Nainen sai johtaa ja soveltuu vaikka koulutoimenjohtajaksi tai kaupunginjohtajaksi. Naisen paikka on kotona, kun lapset ovat pieniä.

"Älkää tuomitko, ettei teitä tuomita." saatana tuomitsee sen, joka tuomitsee ja siksi Hän sai tuomita Jeesuksen, että Jeesus tuomitsi, yksi syy, Jeesuksen oli annettava henkensä, se oli kirjoitettu. Käärme oli pistävä häntä kantapäähän. Se pisto on kuolema. saatana väitti niin. Hän on hullu ja sai sanoa näin todistaakseen hulluutensa.

Jumala tuomitsi itse Poikansa. saatana on hullu. Hän luulee voivansa tuomita enkelien ja taivaan ja maailmankaikkeuden Herran.

Oli kansoja, jotka uskoivat Jumalaan. Edellä menivät eri kirkkojen saatanan apostolit, murhasivat heidän uskonsa kastamalla saatanan kasteella ja tuomitsemalla pakanaksi ne, jotka uskoivat, eivätkä sitä kastetta ottaneet. Perässä tulivat Jumalan kieltäneet lordit aseen kanssa ja saatanan apostolit antoivat heille antikristuksen jumalan ja he hallitsivat näin antikristuksen opilla ja uskolla kansoja, jotka vielä uskoivat elävään Jumalaan ja antikristus oli saatana.

Lutherin Raamatun esipuheet ovat Jumalalta, mutta emme koskaan täysin ymmärrä niitä. Ei saa selittää enemmän, kuin Jumala avaa. "Älkää tehkö Kristuksesta Moosesta." Totta. Kristus oli laki, jossa se annettiin, Mooses kuin pelkäävä poika, josta ei lain noudattajaksi ollut ja pelkäsi kertoa. Kuoleman ja helvetin uhalla Jumalaa totteli.

Mies ja nainen halusivat toisiaan jo Paratiisissa. Heillä oli himo toisiinsa, jonka Jumala oli luonut. Nainen tahtoi miellyttää miestään. He olivat synnittömiä ja kaikki oli hyvää ja kaunista. Oli kielletty puu. He eivät syöneet siitä. Se oli heille annettu usko. He pitivät sen kymmeniä tuhansia vuosia. Tuli saatana. Meni Jumalan luoman kavalan eläimen, käärmeen sisään. Vietteli käärmeenä, joka puhui Eevan. Jumala tuomitsi käärmeen miehettömäksi. Se matelee mahallaan, syö maata, eli sen pikkueläimiä, se ei tottele Jumalaa, se iskee ihmiseen vaikka ihminen vetoaisi Jumalaan. Se on kavala otus, joka ei kuulu lemmikiksi. Adam teki pahan synnin. Hän ei puhutellut Eevaa. Se oli miehen tehtävä ja Jumala olisi antanut anteeksi. Aadam syytti vaimoaan Jumalalle kuin poika. Ei ottanut vastuuta vaimonsa synnistä. Ja pyytänyt anteeksi. Jumala karkoitti heidät Paratiisista. Miehen himoon tuli synti ja naisen vereen käärmeen pisto.

Monet runot ja oppaat kertovat, mitä rakkaus on ja monet laulut laulavat siitä. He ovat tehneet huorin ja käärme kertoo, miten hän haluaa vongattavan häneltä huorintekoa. He eivät oppaassaan kerro ihmisen muuttumiseksi yhdeksi lihaksi ja vereksi. He kieltävät teon, koska huorinteko johtaa luonnottomaan käärmeen sukupuoliyhteyteen, josta tosi parannuksen teko vapauttaa ja Jeesus henkensä kautta neuvoo oikean, Jumalan säätämän sukupuoliyhteyden. Rakkaus on paljon muuta kuin sukupuolielämä. Se on toisesta huolehtimista ja välittämistä, vastuuta perheestä. Aito rakkaus vuotaa Kristuksesta. Hänessä on syntiemme sovitus ja rakkautemme lähde. Jumalan rakkaus ihmiseen ilmenee Hänen Pojassaan. "Sillä emme me rakastaneet Jumalaa, vaan Jumala rakasti meitä ja antoi Poikansa syntiemme sovitukseksi."

Heidän oli myöhäistä katua, jos ottivat sen ripin. Emme uskoneet siihen, emme Lutherin tarjoamaan kasteeseen ja ehtoollisen ja meidät meinattiin erottaa kirkosta ja nyt lähdemme iloiten. Epäilimme Lutherin uskoa. Hän oli uskovainen, häneen herätyssaarnaajana ei uskottu, saarna lukee postilloissa, antoi kadotetuille kirkon ja meille suojaksi tähän päivään asti, kunnes ennustus on toteutunut, Kristus perustaa itse kirkkonsa, jonka perusti eläessään, mutta antaa myös organisaation, jota Rooman piispa ja murhatut profeetat, jotka murhattiin nimittämällä piispaksi ja kirkkoisäksi, yrittivät jo.

Olemme tienneet: Jumalalla on vastustaja. Pahin ei ole saatana. Hän on avaruuden henkivalta. Paha. Uhmaa jumalaa. Omistaa avaruudessa oman valtakunnan. Paha. On maan päällä eläin. Mylvivä härkä. härkätaistelut. paavi salli. antikristus. Kukot ja kannaksissa pistimet. Koirataistelut. Hirveä synti.

Kerran, kun aika loppuu, Jumala tuhoaa avaruuden henkivallat ja kaikki vihollisensa ja luo uudet taivaat ja uuden maan.

Emme saisi liikaa tutkia avaruutta ja sen salaisuuksia, asioita, joita emme ymmärrä. Jumala paljasti. Ne ufot ja vihreät miehet ovat totta. Ne on tehnyt avaruuden henkivalta, jota saatana luulee hallitsevansa, mutta ei pidä paikkaansa, saatana ei tiennyt sen olemassaolosta, se on aina ollut, kuten Jumala, on Jumalan vastustaja, ja kerran Jumala tuhoaa sen. Ne ovat uskovaiselle vaarattomia, kun emme uhmaa ja ota niitä. Jumalalla on omat kiltit ufot, olen kirjoittanut niistä.

Se avaruuden henkivalta on vaarallinen nimenomaan lapsille. hän on maan päällä noita, joka luo ihmeellisimmät sadut.

gnostilaisuutta ei ole voitettu. Ei da vinci koodia. Kumpaakaan ei voiteta koskaan. Mahdoton. Pimeyden henkivallat takana. Nousevat uudelleen aikain lopulla. Luovat pohjan uusille temppelille. Papit, papittaret, huorin tehnyt Vapahtajat, kammotus.

Henkien ei pitänyt olla kovin vaarallisia, kunhan niitä ei tutki. Katsoo pimeyteen. Salaperäiseen. Ei siellä mitään ole. Joku murhasi. Oli.

Lapissa Lestadius kohtasi tämän. Suomessa aika voitettu opillamme. Vaarana, että tulee takaisin ja esim. muinaisesta Ranskasta. Yrittää tulla. Heillä oli aivan kauhea pimeyden henkivaltojen noita. Avaruuden henkivaltoihin nojaava. paavi muka voitti. paavin takana oli antikristus. antikristus hyökkäsi itseään, omaa herraansa vastaan tai...

Minä varoitan. tällä Jumalan vastustajalla, avaruuden henkivallalla on planeetta avaruudessa, valtakunta, monia. mars on yksi tällainen. Ette näe heitä, kun tutkitte marssia. He ovat siellä. hirviöt. emme tiedä, millaiset, mutta ovat he. Emme saa mennä sinne. Ilmeisesti antiikin labyrintin hirviö oli tämän avaruuden henkivallan luoma. Taisteli antiikin jumalia vastaan.

Näette, mitä saatana sai aikaan. Muinaisessa Ranskassa, Galliassa härjät olivat työjuhtia. saatana loi paavin, antikristuksen. paavi salli härkien ärsyttämisen taisteluhäriksi ja teki taistelukoirat. Avaruuden henkivalta otti nämä muodokseen maan päällä. Hän on pahuuden syy, vietteli henget, jotka viettelivät saatanan.

Antiikin jumalat olivat langenneiden Jumalan enkeleiden luomia, he olivat näitä jumalia ja he todella loivat antiikin jumalmaailman. Nämä enkelit antautuivat Jeesukselle ja antoivat Kristinuskon voittaa heidät taruiksi.

Jumala loi kaikki eläimet lajinsa jälkeen. Peto on aina peto, se on aina saatanan palveluksessa. Koiran loi Jumala kotieläimeksi ja se kuuntelee Jumalaa. Koirasusi on vaarallinen. Sen vaatii saatana, vaikka sen ja pedon voi kesyttää, se on aina saatanan vaateen alla. Jumala antoi kaikki kotieläimet. Porot, lampaat, kanat, kalkkunat, naudat, kaikki.

Karhu ja leijona ovat metsän valtiaat. Ne harvoin käyvät ihmisen päälle. Sen sijaa tiikeri ja susi ovat ihmiselle vaarallisia petoja, jotka yrittävät ottaa metsän valtiuden leijonalta ja karhulta.

Tobian kirjan morsiamella oli ollut neitsytkamarissa seitsemän sulhasta, vihittyä miestä. Morsian oli neitsyt, miehet huorin tehneitä. Morsian ei suostunut häävuoteelle miestensä, huorin tehneiden kanssa. Herran enkeli tappoi miehet. Tuli Tobia, oikea sulhanen. Ei ollut tehnyt yhdyntänä huorin. Oli oikea sulhanen. Ylienkeli Rafael antoi ohjeet neitsytkamarissa paistetusta lihasta. Se oli uhriateria. Tappanut enkeli lähti Egyptin korpeen, Jumalan enkeli hän oli. Heistä tuli onnellinen aviopari.

Tobian kirjassa Tobialle oli esitetty epäilys, että paha henki oli tappanut huorin tehneet aviomiehet. Se ei ollut totta. Herran enkeli tappoi heidät. Paha henki vaati ruumiit, että hänen omiaan ei saanut tappaa. Avaruuden henkivalta vaati ruumiit ja koston niistä. Ylienkeli Rafael otti hengen vangiksi ja ajoi pois.

Tämä avaruuden henkivalta, joka on aina ollut olemassa, kuten Jumalakin ja on Jumalan vihollinen, sanoo olevansa maan päällä Jumalan ensimmäinen vaimo. Jumala on henki, tuli lihaksi Pojassaan, Hänellä ei ole vaimoa ja kaikki naiset ovat Jeesuksen morsiamia Hänen hääjuhlassaan, kun uskossa matkansa päättävät ja taivaassa ei naida, eikä huolita, ei ole syntiä, eikä avioliittoa. Tämä avaruuden henkivalta on maan päällä kuin mylvivä härkä ääneltään, sanoo olevansa nainen, on hirveä huora, noita, kirjoittaa lapsille olevansa hyvä noita, petollinen, keksii satuja, kaikenlaisia, ihmeellisiä, häntä ei saa ottaa kotia, Jumala suojelee häneltä, mutta jos sen vaikka satukirjana kotiin ottaa, se voi tulla.

Viholliskansa piiritti kaupunkia. Kansa oli rikkonut pahasti Jumalaa vastaan. Jeremia sanoi, että jos kaupunki antautuu, sen asukkaille ei käy mitenkään. Jeremia joutui kokemaan kovia, mm istumaan liejussa kaivon pohjalla, ruoskittiin. Hän saarnasi vääriä profeettoja vastaan, jotka saarnasivat, että kaupungille ei käy kuinkaan. Kaupungin esivalta oli Jeremiaa vastaan. Jeremialla, nuorella miehellä olisi ollut morsian, ja hän uskoi ennustukseensa, joka vieläkään ei ole täyttynyt: "te saatte perustaa perheitä ja istuttaa puutarhoja, tulee rauhan aika". Jeremia murhattiin ja kaupunki valloitettiin ja asukkaista suuri osa vietiin pakkosiirtolaisuuteen baabeliin. Jäimme baabelin vankeuteen. Kuningas kyros vapautti vankeudesta, mutta jätti orjuuteen. Otti nimen Kores, joka on Jesajan kirjan mukaan Herran Paimen, joka kertoo Jumalan tahdon maan päällä, Jumalan Pojan vertauskuva. Jumala rankaisi kyrosta helvetillä, että otti profeetan nimen, ja oli vain kuningas.

Tämä on videona musiikin kanssa julkaistuna YouTube
kanavallani, jolle on linkki kotisivultani www.kirja-lakka.com

Juhlat jumalattomat

Jumalan kansan ateria

on muistoateria Jeesuksen

Hänen lihansa

meidänkin lihamme

verensä, syntiemme sovinto

oli belsatsarin pidot

huorintehnyt kuningatar

vaati huoruutensa maljan

käärmemiehensä tarjoilijaksi

Miehensä kuninkaan

tanssin pyörteisiin

jotta huoruus yhteinen

julki tulisi

Kirjoitti käsi seinään

Herran enkelin

Hän oli Rafael, ylienkeli

"Mene, Teke, Upharsis"

tuomio

pitojen

Selitti profeetta Daniel

tekstin vaikeaselkoisen

oli kuninkaan valta loppu

pitoja jumalattomia

seurasi kuolema

Tänään

jumalattomammat pidot

puolialasti ylimmäisten huora vaimot

pyörivät himon kierrettä

tarjoaa pöydässä saatana lientään

sotilaat vartioivat

Loppu pitojen

on sielun kuolema

Jeesus opetti: älkää tuomitko, ettei teitä tuomittaisi. Se on elämänohje, totuus, mutta joka ei tuomitse syntiä, kadotetaan. saatana tuomitsi, kuten myös Mooses ja Aaron VT aikaan. Jeesus löi kaikki saatanan joukotkin. saatana katui ja olisi tehnyt Jeesukselle parannuksen. Jeesus opetti: Pyhän Hengen pilkkaa ei koskaan saa anteeksi. saatana oli miljoonia kertoja tehnyt sen ja tekee edelleen. Jeesus ei antanut saatanalle parannusta, vaan tuomitsi hänet. Siitä lähtien Jeesuksen omat ovat olleet saatanan tuomitsema, koska tuomitsevat kuten Jeesus synnin.

Jumala avasi Kanaanin kiroamisen. Hänen isänsä teki synnin, mitä ei saanut Jumalalta anteeksi. Hän ei tehnyt syntiä, että näki vahingossa isänsä hävyn, mutta että hän kertoi sen veljillensä, sitä ei saanut anteeksi. Kanaanin olisi pitänyt tappaa isänsä, niin hän olisi pelastunut. Muistakaa Kooran lapset. He kielsivät isänsä. Kanaan ei pystynyt tähän ja Jumala kirosi hänet.

saatana muutti Amerikkaan valkoisen miehen mukana. Hän ei asunut pahana siellä ennen sitä. Sinne hän teki mies käärmeen. hän asui ennen itämaiden tuhansia vuosia vanhoissa temppeleissä. Langenneet Jumalan enkelit tuhosivat ne moneen kertaan. Ei ole täysin totta. Hän asuu siellä muka voitettuna liskojen, rottien ja käärmeiden seassa.

Jumala kutsui maan kuninkaat tervehtimään Jeesus vauvaa ja antoi tähden merkiksi. Salaisuus tässä on suuri. saatana tiesi Jeesuksen syntymän. Hän vietteli itämaan tietäjät kalliiden lahjojen kanssa viettelemään niillä Jeesus pojan, lahjoilla, jotka Maria äiti hävitti. Tuoksuvoidetta, kultaa he Elämän Herralle toivat. saatanakin kumartaa kuningasta, tikari on hänen povessaan.